Palabras para adónde/ Where Words

Adentro y afuera

In and Out

por/by Tami Johnson

Traducción/Translation:
Dr. Martín Luis Guzmán Ferrer

CAPSTONE PRESS
a capstone imprint

A+ Books are published by Capstone Press,
151 Good Counsel Drive, P.O. Box 669, Mankato, Minnesota 56002.
www.capstonepub.com

032010
005740CGF10

 All books published by Capstone Press are manufactured with
paper containing at least 10 percent post-consumer waste.

Library of Congress Cataloging-in-Publication Data
Johnson, Tami.
   [In and out. Spanish & English]
   Adentro y afuera = In and out / por Tami Johnson.
   p. cm.—(A+ bilingüe. Palabras para adónde = A+ Bilingual. Where words)
   Includes index.
   Summary: "Simple text and color photographs introduce the basic concept of in and out—in both English and Spanish"—Provided by publisher.
   ISBN 978-1-4296-5336-7 (library binding)
   1. Space perception—Juvenile literature. I. Title. II. Title: In and out. III. Series.
BF469.J6518 2011
153.7'52—dc22   2010006588

Credits

Megan Schoeneberger, editor; Adalín Torres-Zayas, Spanish copy editor; Juliette Peters, set designer;
   Eric Manske, designer; Charlene Deyle, photo researcher; Laura Manthe, production specialist

Photo Credits

Capstone Press/Karon Dubke, 4–5, 6, 14, 15, 16, 17
Corbis/Barbara Peacock, 23; Bruce Burkhardt, 29 (top); W. Perry Conway, 13; Wally McNamee, 29 (bottom);
   zefa/Joson, 26–27
Digital Vision, 20, 21
Dwight R. Kuhn, 8, 9, 10, 11
Getty Images Inc./Iconica/Blue Line Pictures, 25; Iconica/Eric Meola, 12; The Image Bank/Ian Royd, cover;
   Photonica/Doug Plummer, 7; Photonica/GK & Vikki Hart, 18; Taxi/Bay Hippisley, 24; Taxi/Ryan McVay, 22
Peter Arnold Inc./David Cavagnaro, 28 (top); Lynn Rogers, 28 (middle)
Shutterstock/Troy Casswell, 28 (bottom); SuperStock/age fotostock, 19

Note to Parents, Teachers, and Librarians

Palabras para adónde/Where Words uses color photographs and a nonfiction format to introduce readers
to the vocabulary of space. *Adentro y afuera/In and Out* is designed to be read aloud to a pre-reader, or
to be read independently by an early reader. Images and activities encourage mathematical thinking in
early readers and listeners. The book encourages further learning by including the following sections:
Table of Contents, Fun Facts, Glossary, Internet Sites, and Index. Early readers may need assistance
using these features.

Table of Contents

Tabla de contenidos

What Is In? What Is Out?

¿Qué es adentro? ¿Qué es afuera?

In is inside of something.
Out is outside of something.

Adentro es estar en el
interior de algo. Afuera es
estar en el exterior de algo.

The girl is in the house.
The boy is out of the house.

La niña está adentro de
la casa. El niño está afuera
de la casa.

When we're in,
it's fun to look out.

Cuando estamos adentro,
es divertido mirar afuera.

When we're out,
it's fun to look in.

Cuando estamos
afuera, es divertido
mirar adentro.

Animals In and Out

Animales adentro y afuera

A hungry alligator hides in the water waiting quietly, patiently.

Un cocodrilo hambriento se esconde dentro del agua, esperando paciente y silenciosamente.

Snap! Quick as a flash he pops out of the water to catch a tasty meal.

¡Pas! Rápido como rayo salta afuera del agua y atrapa un rico bocado.

A baby duck starts its life in an egg.

El patito bebé empieza su vida adentro de un huevo.

Crack! A duckling pecks away at the shell to get out.

¡Crac! El patito picotea el cascarón para salir afuera.

Bears stand in the water to catch fish to eat.

Los osos se meten adentro del agua para atrapar peces y comérselos.

12

Out of the water, bears hunt for tasty berries.

Afuera del agua, los osos buscan sabrosas moras.

Food In and Out

Comida adentro y afuera

Milk splashes in the glass.

La leche se vierte dentro del vaso.

Oops! Someone spilled all the milk out.

¡Ay! Alguien derramó la leche afuera del vaso.

Cookie dough goes in
the oven soft and gooey.

La masa para las galletas,
suave y pegajosa, se mete
adentro del horno.

Cookies come out of the oven smelling oh so good.

Afuera del horno las galletas huelen deliciosas.

17

Bread goes in the toaster white and soft.

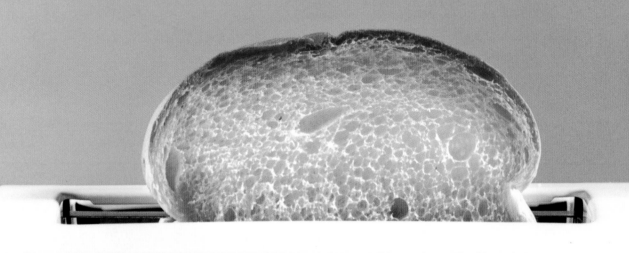

El pan blanco y suave se mete adentro del tostador.

It comes out of the
toaster brown and crispy.

Al sacarlo afuera está
tostado y crujiente.

People In and Out

La gente adentro y afuera

Soapy bubbles in the tub get you clean.

Cuando estás adentro de la tina, las burbujas de jabón te dejan limpiecito.

When you get out of the tub, a warm towel feels good.

Afuera de la tina la toalla calentita se siente rica.

21

A big smile shows off the teeth in your mouth.

Una sonrisa grande muestra los dientes adentro de tu boca.

If one falls out, don't worry. A new one will soon fill the gap.

Si un diente se cae, no te preocupes. Pronto te saldrá uno nuevo adentro del hueco.

The sand in the bucket is just sand.

La arena adentro de la cubeta es sólo arena.

But when you dump it out,
you can make a sandcastle!

¡Pero cuando la amontonas
afuera, puedes hacer
un castillo de arena!

Aaaah! Floating in a cool pool gets you out of the summer heat.

¡Ah! Flotar adentro de la alberca fresca te libra del calor del verano.

When a butterfly comes out of a cocoon, its wings are wet. The butterfly hangs upside down while its wings dry.

Cuando la mariposa sale afuera del capullo sus alas están mojadas. La mariposa se cuelga bocarriba mientras sus alas se secan.

Grizzly bears go in caves or dens to hibernate. They sleep through the cold winter months and wake up in springtime.

Los osos pardos están adentro de sus cuevas o madrigueras para invernar. Duermen durante los meses fríos del invierno y salen afuera en la primavera.

Lobsters don't have skeletons in their bodies like people do. Instead, the lobster's skeleton is on the outside of its body.

Las langostas no tienen el esqueleto adentro del cuerpo como las personas. Por el contrario, las langostas tiene el esqueleto afuera del cuerpo.

Your first set of teeth has 20 teeth. After your teeth fall out, new ones come in. When you're an adult, you'll have 32 teeth in your mouth.

_____

Tu primera dentadura es de 20 dientes. Cuando tus dientes se te caigan, te saldrán nuevos. Y cuando seas adulto, tendrás 32 dientes adentro de la boca.

Here's a different kind of out. In baseball and softball, the umpire decides if a runner is safe or out.

_____

Aquí hay una afuera diferente. En béisbol o softbol, el árbitro decide si el jugador está dentro o fuera de la base.

Glossary

alligator—a large animal with strong jaws and very sharp teeth

cocoon—a covering of silky threads made by some animals to protect themselves or their eggs

dough—a thick, sticky mixture used to make cookies, bread, and muffins

grizzly bear—a large brown or gray bear of western North America

hibernate—to spend winter in a deep sleep; animals hibernate to survive low temperatures and lack of food

lobster—a sea animal with a hard shell and five pairs of legs

sandcastle—a sculpture made of sand and water that looks like a tiny building or castle

skeleton—the bones that support and protect the body of a human or other animal

Internet Sites

FactHound offers a safe, fun way to find Internet sites related to this book. All of the sites on FactHound have been researched by our staff.

Here's all you do:

Visit *www.facthound.com*

Type in this code: 9781429653367

Glosario

el capullo—cubierta de hilos sedosos que hacen algunos animales para protegerse a sí mismos o a sus huevos

el castillo de arena—escultura hecha de arena y agua que parece un pequeño edificio o castillo

el cocodrilo—animal grande de poderosas fauces y dientes muy afilados

el esqueleto—los huesos que soportan y protegen el cuerpo de un ser humano o un animal

invernar—pasar el invierno en un sueño profundo: los animales invernan para sobrevivir durante el tiempo de bajas temperaturas y falta de comida

la langosta—animal marino de concha dura con cinco pares de patas

la masa—mezcla gruesa y pegajosa que se emplea para hacer galletas, pan o panecillos

el oso pardo—oso grande de color gris o marrón del oeste de la América del Norte

Sitios de Internet

FactHound brinda una forma segura y divertida de encontrar sitios de Internet relacionados con este libro. Todos los sitios en FactHound han sido investigados por nuestro personal.

Esto es todo lo que tienes que hacer:

Visita *www.facthound.com*

Ingresa este código: 9781429653367

Index

Índice